A.I. CUDIL

DUNGEON

(Dame Blanche #0,5)

Avviso ai lettori

Questo romanzo è un'opera di fantasia.
Ogni riferimento a fatti, luoghi e persone
esistenti, o esistiti, è puramente casuale e frutto
dell'immaginazione dell'autrice.

ISBN 978-1539171331

Dungeon
(Dame Blanche #0,5)

Quando Yves le dice che Adelaide, l'ex direttrice del Rouge Club, ha deciso di aprire un locale BDSM tutto suo, Amélie non ha un attimo di esitazione, vuole incontrarla e proporsi come socia per il nuovo club FemDom. Anche Amarante è entusiasta del progetto di Adelaide che le darà l'occasione di iniziare una nuova vita.

Adelaide, Amarante e Amélie sono tre donne determinate, bellissime e decise a rilevare il Dungeon di Nizza.

Non si può entrare nel mondo del BDSM senza il consenso del Marchese e dovranno accettare la sua inaspettata proposta. Ma ne varrà la pena perché il Dungeon diventerà il Dame Blanche, il locale dei loro sogni, un luogo in cui il piacere è pura magia.

Dungeon è il prequel della serie Dame Blanche, spin off della serie Six Senses.

A Tania che mi ha aperto la porta e
mi regalato la paprika di cui avevo bisogno

1.

Amélie

Il getto d'acqua mi colpisce il viso e trattengo il respiro. Passo le mani tra i capelli e mi allontano, lasciando che sia solo il seno a bagnarsi.

Mani calde si posano sui miei fianchi e il profumo di Yves mi inebria. Piego le labbra in un sorriso divertita dall'impazienza dell'uomo.

«Dovevi rimanere in camera e guardarmi attraverso il magic mirror mentre mi facevo la doccia, non venire qui. Lo spettacolo era per te.»

Lui mi afferra il mento e con gentilezza mi fa voltare permettendomi di vederlo.

«Amélie, non sono uno spettatore passivo, dovresti averlo capito.»

La stuzzicante erezione di Yves mi preme sullo stomaco e quella piacevole acquolina che sento prima di fare sesso si fa insistente.

«Siamo a casa mia, qui sono io la mistress, ricordalo master Yves» e gli accarezzo la mascella mentre il vapore appanna i vetri speciali della doccia. Sono il vezzo che mi sono concessa quando ho arredato l'appartamento, inserire nella parete divisoria tra camera e bagno un magic mirror, uno specchio posto di fronte al letto che diventa la superficie trasparente del box doccia. Così i miei amanti sdraiati sul letto possono vedermi mentre mi lavo, o io posso ammirarli mentre si muovono sensuali per me sotto il getto d'acqua.

«Avevo voglia di toccarti» si giustifica Yves, mentre le sue mani mi scivolano sul ventre, sempre più in basso, fino a strapparmi un gemito. Per quanto sia eccitante non mi fa perdere il controllo.

«Due dominatori assieme non vanno per niente bene, soprattutto se siamo senza un sottomesso. Ci toccherà di nuovo un rapporto dolce come la vaniglia.»

Lui non risponde, si abbassa e prende un capezzolo tra le labbra carnose. Dopo averci giocato con lingua e denti e avermi fatta gemere, si stacca per osservarmi con quei bollenti occhi scuri che mi eccitano alla follia.

«Vorrà dire che starò a dieta nei prossimi giorni, ora lasciati mangiare, sei dolcissima.»

«Dubito che i miei sottomessi la pensino come te, proprio ieri uno mi ha detto che sono crudele.»

«Non ti conosce, solo io vedo il tuo angolo di luce, mia piccola signora della frusta. Ti ho mai detto quanto sei bella quando la fai volteggiare e schioccare a vuoto nell'aria? Mi viene duro ogni volta che te lo vedo fare.»

Mentre riprende a giocare con il mio capezzolo, gli accarezzo i capelli sospirando. Yves è come me e sa vedere oltre il nostro essere dominatori.

«Non finirò mai di ringraziare Diego per averti lasciato prendere il suo posto.»

Solo da pochi mesi Yves è entrato tra le mie conoscenze, prima era legato al Marchese, al signore del BDSM di Parigi e quindi irraggiungibile. Poi si è reso indipendente, prendendo il posto di Diego, il mio amico gigolò, nel Six Senses, uno dei servizi di accompagnatori più esclusivi di Parigi. Yves è diventato anche un piacevole diversivo dalla routine. La nostra intesa è solida, una bella amicizia con tante cose in comune, non solo il sesso o sessioni di gioco. Forse è per questo che lo trovo migliore di Diego, il mio vecchio compagno di play party. Yves mi permette di avvicinarmi, di essergli amica, con lui ci sono anche risate e chiacchiere.

«Grazie per il tempo che mi doni, è meraviglioso stare con te solo per il nostro piacere» dice lui e mi guarda in quel modo peccaminoso che mi fa bruciare. Poi si mette in ginocchio, sotto il getto d'acqua è incredibilmente sexy. Adoro avere gli uomini ai miei piedi, e fremo di desiderio.

«Metti la gamba sulla mia spalla» ordina con il tono da master.

Obbedisco, mi piace il fatto di potermi alternare nella conduzione del gioco e mi piace molto di più sapere che tra poco sarò in estasi.

La lingua di Yves si posa decisa sul mio clitoride e grido il suo nome. Sa il fatto suo, percorre con calma e perizia la strada che porta al fulcro del piacere e poi dà l'affondo finale.

Tremo e per non cadere mi appoggio con le mani allo specchio e guardo il letto.

È vuoto, se mi avesse ascoltata mi avrebbe vista fare la doccia, mi avrebbe osservata mentre mi masturbavo, l'avrei eccitato fino a farlo quasi venire. Invece è qui che mi morde e mi lecca portandomi fino al culmine del piacere. Getto la testa all'indietro mentre lui insinua un dito nella mia fessura fremente poi la sua lingua mi colpisce il clitoride ancora e ancora. Manca pochissimo e quando di nuovo mi morde l'orgasmo esplode dentro di me e mi scuote. Lui mi sostiene perché le mie gambe cedono mentre sussultando grido il suo nome.

Un'ora dopo siamo a letto e osservo la chioma scura di Yves mentre gli tocco un ciuffo, lui si sposta sul cuscino e mi osserva.

Siamo stati in silenzio dopo che ci siamo posseduti a vicenda e abbiamo lottato per avere una posizione di dominio. La prima volta l'ho cavalcato come piace a me, graffiandolo e portandolo al limite, la seconda ho dovuto cedere e mi ha presa da dietro. Era molto tempo che non permettevo a un uomo di farlo e lui mi ha ringraziata dandomi molto più piacere di quanto avrei creduto.

«Mi diverte giocare con te, mi sei mancato durante le vacanze di Natale» ammetto mentre continuo ad accarezzargli i capelli.

«Sei tu che sei andata in Spagna a trovare il tuo vecchio amico, Diego» ribatte lui lasciando scorrere un dito lungo il mio fianco nudo.

Credo che Yves sia stato un po' geloso di Diego, il suo mentore, così ombroso e taciturno. Un master perfetto ora diventato un uomo innamorato e felice. Per la sua Helena, ha lasciato la vita da gigolò. Se devo dire la verità è uno spettacolo stupendo vederli assieme affiatati e felici. Diego Ruiz è sempre stato disponibile con me e quando gli ho prestato la casa perché potesse accogliere Helena, in un momento difficile della sua vita, non avevo capito quanto lei fosse diventata importante, così fondamentale da fargli cambiare vita. In dicembre mi ha telefonato per chiedermi se potevo raggiungerlo in Spagna, voleva dei consigli professionali su come arredare la sua nuova casa, quella che avrebbe condiviso con l'amore della sua vita. Potevo rifiutarmi? Certo che no! Specialmente considerato che era stato Diego a presentarmi Yves e ad affidarlo "alle mie mani esperte". Mani che ero stata molto felice di muovere sul fantastico corpo del giovane master. Proprio come poco fa.

Eppure Yves sembra conservare un certo risentimento, un po' d'invidia per il mio rapporto con Diego, non sa che l'intesa che ho con lui non l'ho mai avuta con lo spagnolo ma non intendo certo dirglielo!

«Sai che sono andata da lui perché aveva bisogno di un architetto, non di una mistress. Tu invece? Non mi hai raccontato nulla! Ti è piaciuta Vienna?»

Yves guarda in alto e sorride.

«Oh, sì. Ho rivisto una vecchia amica.»

Ha il tono dei maschi che ricordano il sesso, buon sesso di quello, appunto, che merita di essere ricordato.

«Se pensi di ingelosirmi sai che non ci riuscirai, il nostro rapporto non è così. Noi siamo buoni amici.»

Lui si gira mettendosi su un fianco, guardandomi.

«È una donna in gamba, mi piace per davvero.»

«Oh, oh, che stai per dirmi? La ami?» chiedo stupita. «Questa sì sarebbe una bella novità!»

«No, niente di così grave, non sono fatto per relazioni durature, né credo nel grande amore, figurati! Ma lei è speciale e aveva bisogno di me» fa una pausa e poi le labbra si piegano in quel sorriso malizioso. «E di Cedric.»

Scoppio a ridere, il mio piccolo pervertito Yves non si smentisce mai.

«Così hai provato il *ménage a trois*! Bravo Cedric che ti ha convinto.» L'immagine di un altro splendido gigolò del Six Senses mi appare nella mente e c'è di che leccarsi le labbra. Provo un po' d'invidia per questa donna fortunata che li ha avuti entrambi.

«La prossima volta se vuoi puoi portarlo, mi piacerebbe sottomettere un uomo così in forma, sarebbe capace di resistere molto a lungo.»

Lui mi tocca la punta del naso e poi mi passa l'indice sulle labbra.

«Sei insaziabile. No, Cedric non è uno che puoi sottomettere. Inoltre sono geloso di lui, è troppo bello, guarderesti lui e io resterei solo con un'erezione dolorosa e delle palle blu» e mi bacia sulle labbra.

«No, non ti lascerei da solo, lo sai. Sei un po' ingiusto, alla tua amica viennese però hai dato questo divertimento» metto un finto broncio che dovrebbe divertirlo invece mi osserva serio.

«Si tratta di Adelaide, la conosci? L'ex direttrice del Rouge Club ha lasciato il Marchese e aveva bisogno di qualcuno che la consolasse.»

Mi blocco. Certo che conosco Adelaide. Una donna davvero in gamba, gestire il Rouge Club e il Marchese non sono di certo imprese semplici e lei era una padrona di casa squisita.

Non sapevo fosse la sottomessa del Marchese. Il Padrone ha sempre avuto molte donne ma si sapeva che ne aveva una particolare e speciale. Adelaide…

«L'ha lasciato? Che temperamento! Immagino che non sarà stato semplice per lei. Il Padrone ha un carisma che annienta chi gli è accanto.»

Un pensiero mi colpisce come uno schiaffo.

«Stop! La donna per la quale hai un debole è la *slave* prediletta del Marchese? Oh, piccolo» e mi sdraio coprendomi per un attimo gli occhi.

Lui alza le spalle e poi scivola sul letto.

«Non lo è più, adesso è libera.»

Povero Yves. Capisco sia confuso, gestire una situazione simile non deve essere semplice. Competere con il ricordo del Marchese. Rabbrividisco per lui.

In un lampo però immagino anche come deve essersi sentita quando Yves e Cedric l'hanno consolata e provo un'istantanea affinità con una donna così audace.

«Adelaide è bellissima, molto gentile, ma non posso dire di conoscerla. Non le ho mai parlato per più di due minuti, e sempre durante brevi convenevoli prima di assistere a qualche sessione. Me la presenteresti?» chiedo maliziosa. «Forse è stanca di uomini, potrei aiutarla io. Sono mesi che non trovo una sottomessa alla mia altezza.»

Lui si mette a ridere e si lascia andare sul materasso poi diventa serio, un velo di tristezza si stende su tutto il viso partendo dagli occhi.

«Sarebbe tanto grave se la volessi solo per me? Non sarebbe una vera relazione, solo …» e si blocca incerto sulle parole da usare.

«Oh, piccolo, niente affatto. Anzi, vorrebbe dire che sei pronto per qualcosa di esclusivo. Per farlo al meglio dovresti lasciare quella miniera d'oro del Six Senses e lei dovrebbe volere essere solo tua. Non so se è pronta a legarsi di nuovo dopo aver lasciato il Marchese. Di solito quando legami stretti tra dom e sub si rescindono ci vuole un po' di tempo.»

«Lo so, per questo sono qui con te, ha bisogno di spazio e di non avermi addosso.»

Oh, questa poi! Gli do un pugno sul pettorale solido.

«Piccolo, mi hai appena dato del *ripiego?* Una scopata d'emergenza?» chiedo fingendomi arrabbiata.

Lui sogghigna.

15

«No, non avevo bisogno di un ripiego ma di un'amica comprensiva. Via, Amélie, sei tale e quale a me, non negarlo, infatti sei talmente altruista che non esiteresti a farti la donna che voglio io» conclude sghignazzando.

Scoppio a ridere. Ha ragione, siamo uguali, per questo andiamo così d'accordo.

«Vorresti che provassimo un *ménage* noi tre? Pensi di farcela con due donne?»

Lui si gira di scatto e si mette sopra di me, strusciandosi. Sento che è di nuovo eccitato.

«Devo rispondere?»

Gli lecco il collo così vicino alla mia bocca e lui geme.

«No, so che ne saresti capace. Mi chiedo solo: lo vorresti?»

Lui si scosta e si passa una mano sul viso.

«Non lo so.»

«Se vuoi potremmo uscire tutti e tre, anzi quattro, porta anche Cedric, così lei non si sentirà sopraffatta dai dominatori. Se avete un bel rapporto le dispiacerà starti lontano. Isolarsi non sempre serve a fare chiarezza.»

E ne so qualcosa, purtroppo.

«Già è un'idea, il problema è che lei non esce più di casa. Sta facendo conti su conti, è molto presa dall'idea di avviare un suo club» e si sposta di lato accarezzandomi.

«La direttrice del Rouge Club vuole aprire un locale tutto suo? Però! Devi proprio presentarmela allora, è da tanto che cullo l'idea di arredare un club BDSM. Per quanto eleganti, come il Rouge, li trovo sempre squallidi e spesso poco funzionali negli spazi. Mi piacerebbe aiutarla.»

Yves mi attira a sé e mi bacia con passione.

«Glielo chiederò, intanto tieniti libera per la prossima settimana» poi le sue mani mi accarezzano la schiena e si fermano sui glutei.

«Oh, mistress, adoro il tuo culetto, lo sai? Mi fa venire di quelle idee meravigliose...»

«Di che tipo?» chiedo maliziosa.

«Penso proprio che te le mostrerò» e mi rovescia sulla schiena schiacciandomi con il suo corpo solido.

Credo che lo lascerò stare sopra, per questa volta.

A. I. CUDIL

2.

Adelaide

Mi tocco il collo, è così strano avere i capelli corti.

Osservo la mia immagine in una vetrina e resto sorpresa dalla donna che vi è riflessa. Sono diventata un'altra, non solo per il taglio di capelli, anche per la postura e per la nuova luce negli occhi. In così poco tempo tutta la mia vita è cambiata.

Riprendo a camminare lungo il marciapiede di Rue Richer quando una mano mi afferra con delicatezza un braccio.

«Vuole fuggire con me, bella signora? Non le offro diamanti e ricchezze ma piacere a non finire» mi sussurra all'orecchio la calda voce che ben conosco.

Mi volto sorridendo all'uomo che mi guarda con gli occhi brillanti.

«Cedric!» Ci abbracciamo.

«Sei uno spettacolo, Heidi! Mi piaci con i capelli così corti» e fa scorrere le dita dietro la nuca facendomi rabbrividire di piacere.

«Non sapevo che saresti venuto anche tu, sono contenta!»

Lui si mette una mano sul cuore in un gesto di plateale offesa.

«Mi ferisce bella signora!»

Gli do un piccolo buffetto.

«Yves mi ha detto che lasci il Six Senses e pensavo fossi troppo impegnato a salutare le tue ...» mi blocco e mi guardo in giro abbassando la voce «clienti.»

Cedric è uno gigolò, o meglio, lo era, presto lascerà il Six Senses l'agenzia per la quale lavorava assieme a Yves.

«Volevo salutarti, parto dopo domani e ho colto l'occasione di questo pranzo.»

«Ci sarà anche un'amica di Yves, lo sai vero?»

«Certo! Sono qui anche per lei, Diego mi aveva parlato spesso della sua amica mistress, Amélie, una fuori dagli schemi che ho visto qualche volta al *Rouge Club*. Se mi può aiutare per il mio progetto sono felice di incontrarla.»

«Oh, ecco Yves! Accidenti la mistress è una bellezza!»

Mi giro e in effetti Amélie è splendida.

Non è alta, è una donna minuta, flessuosa ed elegante, avanza come se danzasse. Indossa dei pantaloni neri e una semplice camicia rossa, ha la vita sottile e un bel seno, ma è il suo viso a incantare. Sembra un folletto, un elfo dai lineamenti delicati e dagli enormi occhi scuri. Sono magnetici e, proprio come quelli di un folletto o una fata, ti incantano.

L'avevo già intravista al Rouge ma non era una cliente fissa, né una mistress delle nostre. Una donna che si divertiva come e quando voleva lei. La cliente ideale per il club che vorrei avviare.

Dopo aver lasciato il Rouge Club ho avuto tempo per riflettere su quello che volevo fare, ho persino sostenuto dei colloqui per locali molto importanti ma c'era un pungolo, qualcosa che mi diceva di osare di più.

Guardo Cedric fare il baciamano ad Amélie e sento su di me lo sguardo di Yves. Questi due uomini sono tra i miei più cari amici, provo sempre un brivido quando siamo insieme. Ricordo quello che è successo durante le vacanze di Natale. Siamo stati assieme e mi hanno lasciato fare ciò che volevo. È stata un'epifania, ho deciso che da quel momento in poi, io e solo io, avrei deciso per la mia vita. Mi piace essere sottomessa, è la mia natura e non me ne vergogno, ma indirizzare la mia vita nella direzione scelta da me non ha nulla a che vedere con l'attitudine sessuale.

«Ciao Adelaide» la voce di Yves è una carezza sexy che mi risveglia i sensi.

Tra di noi c'è un'attrazione pericolosa, siamo sempre sul filo del rasoio fin dai tempi in cui eravamo entrambi nelle grazie del Marchese. Stare assieme a Vienna ha reso tutto più complicato, lo desidero e devo impormi di tenere le mani lontane da lui.

«È un piacere conoscere la direttrice del Rouge Club» il sorriso aperto di Amélie mi attira a lei e mi distrae da Yves

È una donna magnetica. I suoi occhi mi ipnotizzano e deglutisco.

Anche se non lo sapessi, riconoscerei un carisma così potente. È una mistress molto intrigante.

«Non lo sono più, ma spero di dirigere presto un nuovo club» dico stringendo la sua mano. Ha una stretta forte e decisa.

«Avevi qualche idea? Quando Yves mi ha parlato del tuo progetto gli ho chiesto di presentarci perché ho sempre desiderato arredare un locale BDSM.»

Le sorrido triste.

«Ho visto i tuoi lavori, sei molto brava e troppo cara per me. Non ho un grande budget, anzi per il momento ho solo tante idee.»

«È dalle idee che nasce ogni cosa» dice Cedric e Amélie gli fa l'occhiolino.

«Esatto, parlami di quello che avevi in mente» mi prende sottobraccio mentre entriamo nel ristorante in cui ho prenotato per il pranzo.

Ci sediamo al tavolo e dopo aver ordinato lei mi sprona a descrivere nei dettagli il mio progetto.

L'entusiasmo nella voce e la luce che le brilla negli occhi mi spingono a parlare e parlare, non mi era mai capitato di chiacchierare così tanto con una donna e di sentirmi in sintonia fin dal primo istante.

«Non solo un locale FemDom dunque, ma un ambiente in cui ciascuno possa esprimere se stesso in totale libertà» afferma mentre posa il bicchiere dopo aver sorseggiato il vino.

«Esatto. Il Rouge Club era perfetto per persone danarose ma io vorrei che tutti potessero accedere o, almeno la maggior parte delle donne, senza che si sentano oppresse da un'atmosfera equivoca. Il passo dall'eleganza alla volgarità è breve. Prendi Cedric e Yves fanno quello che viene definito il lavoro più vecchio del mondo ma in loro non c'è volgarità e l'atmosfera del Six Senses è sempre molto raffinata.»

Cedric si irrigidisce, so che non gli piaceva il suo lavoro ma quello che voglio dire è che...

«La donna che tiene le fila fa in modo che loro non si sentano sfruttati o volgari, giusto ragazzi?»

Cedric si rilassa mentre Yves annuisce.

«Capisco quello che vuoi dire, è una questione di stile e da quel che vedo, Adelaide, tu ne hai da vendere. Mi piacerebbe far parte del tuo progetto. Dove pensavi di aprire il locale?»

«Qui viene la nota dolente. Siamo tra amici posso dirvi senza mezzi termini che restare a Parigi per me sarebbe come entrare in aperta competizione con il Marchese.»

«Non puoi, né devi, però potresti spostarti in un'altra località, verso Bordeaux o in Costa Azzurra. Ho sentito che Nizza ha un particolare fermento.»

«Infatti! Pensavo proprio a Nizza! Il mese prossimo vorrei andare a fare un sopralluogo per rendermi conto dei possibili locali.»

«Se vuoi potrei accompagnarti e darti un parere professionale.»

Ora inspiro e la butto lì, ho imparato a non avere paura.

«Ti andrebbe di essere mia socia?»

Le sue labbra si aprono in un ampio sorriso.

«Pensavo che non me l'avresti mai chiesto, certo che sì!» poi guarda Cedric e Yves.

«Fatevi un giro, maschioni, qui ci sono donne che devono lavorare» e muove la mano come se scacciasse delle mosche.

I miei amici mi guardano allibiti, ma lei li ignora e prosegue imperterrita.

«Hai già preparato un business plan?»

«Certo! Non qui con me ora, ma ce l'ho nel portatile. Se vuoi possiamo vederlo più tardi.»

«Sì, domani sera lo esamineremo» poi alza gli occhi al cielo. «Andate, andate» dice di nuovo a Cedric e Yves a cui non resta che alzarsi.

«Ci vediamo più tardi, Cedric» voglio salutarlo ma l'energia positiva di Amélie è travolgente e voglio sentire quello che ha da dirmi.

Yves la bacia sulle guance, noto che hanno molta intesa, una fitta al petto mi fa male.

Non hai il diritto di essere gelosa…

Le labbra di Yves si posano sulle mie quasi di sorpresa e spalanco gli occhi mentre lui sorride.

«Fate grandi piani di battaglia» mormora, poi si allontana. Resto a fissare le sue spalle finché Amélie non mi richiama all'ordine.

«Sì, è un bocconcino di prim'ordine, ma adesso parliamo noi due.»

Mi giro verso di lei che mi osserva seria.

«Ti serve la protezione del Marchese» dice in tono solenne. «La tua idea è stupenda ma lui deve dire sì. Credimi, sebbene io sia fuori dal giro, so che se lui non darà parere positivo al tuo progetto non potrai andare avanti. Devi andare a trovarlo e chiedere il suo aiuto.»

Scuoto la testa.

«Ho giurato che ce l'avrei fatta da sola» mordo le labbra.

Lei mi sfiora una mano.

«Tranquilla, so che non deve essere semplice lasciarsi alle spalle una relazione intesa come quella che ti legava a lui. Non è indispensabile che sia tu a farlo, puoi chiedere a qualcuno di intercedere per te. Yves?»

Scuoto la testa.

«No, lui prova già dell'astio nei suoi confronti per essersene andato dal Rouge e perché noi…» mi fermo incerta, non so quanto posso dirle.

«Ok, non Yves» afferma senza chiedere ulteriori chiarimenti. «Avrai pur degli amici o delle amiche lì dentro che possono aprirti la strada e farti da portavoce?»

L'immagine di una virago vestita di lattex nero in così netto contrasto con la chioma bionda e fluente mi appare come l'avessi di fronte. Posso quasi vedere quel viso serio dal cipiglio deciso che muove le labbra carnose e rosso fuoco mentre mi saluta con voce bassa e sensuale.

«Sei stata una delle poche amiche che ho avuto al Rouge Club, se avrai bisogno di qualcosa non esitare a chiamarmi piccola Heidi.»

Sbatto le palpebre mentre l'immagine svanisce.

«Sì, c'è qualcuno che potrebbe parlare al Marchese al posto mio.»

«Molto bene, puoi chiedergli di aiutarti?»

«La chiamerò questa sera.»

«Una donna? Interessante» considera Amélie sorseggiando il suo vino bianco. «Chi sarebbe?»

«Domina Rubra, la sua mistress preferita.»

A. I. CUDIL

3.

Amarante

La cera cola dalla candela rossa e finisce vicino al capezzolo dell'uomo, sento appena il suo gemito trattenuto e osservo il petto alzarsi e abbassarsi mentre inspira per non gridare.

Bravo penso soddisfatta.

Jack sta diventando sempre più resistente.

Dopo due mesi di sessioni sono proprio fiera di lui. Ha acconsentito a una sessione pubblica durante questo play party e si sta comportando in modo perfetto.

È uno dei miei sottomessi preferiti, mi eccita l'idea di un bestione come lui che si lascia legare e frustare. È un uomo alto oltre il metro e novanta, massiccio, in gioventù giocava a rugby, gli è rimasta la struttura possente anche se i muscoli sono stati soffocati dal grasso che si è depositato sull'addome.

Mi lecco le labbra per la soddisfazione di ammirare questo splendido sottomesso che si lascia dominare da me.

Ne ho avuti molti altri ma Jack è stato la mia sfida più stuzzicante e l'ho vinta.

Altre gocce rosse scendono lungo l'addome non proprio tonico e resiste, poi una goccia cade al centro di un capezzolo e lui geme mentre l'erezione cresce facendosi più dura.

A questo punto devo farmi da parte, è la regola di questo club· il padrone del locale deve concludere il gioco. Accarezzo il viso di Jack e lo affido alle cure di Sebastian.

Cerco di rimanere calma mentre il master flagella le gambe del mio sottomesso. Stringo la frusta quando vedo Sebastian prendere dalla rastrelliera un dildo.

Gli occhi di Jack si dilatano e il panico si impadronisce di lui.

Le mie gambe si muovono verso il master ancora prima che il sottomesso mi lanci uno sguardo disperato.

So bene che Jack non ama i rapporti anali. Alcuni uomini etero li sopportano, altri vanno fuori di testa e Jack è uno di questi. Ho provato a portarlo oltre il limite ma si è opposto. Devo rispettare il suo desiderio.

I tacchi risuonano sul lucido pavimento di marmo e Sebastian si gira verso di me. Il suo viso è serio, un sopracciglio alzato in segno di disappunto.

La regola del suo dungeon è semplice: mai intromettersi tra dominatore e sottomesso. Lui in questo momento è il dom di Jack ma io sono la sua mistress. La sua Domina Rubra. Jack si fida di me e non posso tradire la sua fiducia. Mai.

Senza esitare mi avvicino a Sebastian e gli sussurro all'orecchio con voce sensuale.

«Lascia perdere il dildo, prendi la frusta.»

Lui si irrigidisce, mi faccio più vicina, gli accarezzo un braccio.

«Mi eccita da impazzire vederti muovere la frusta e farla schioccare come sai fare solo tu.»

Le ampie spalle di Sebastian si rilassano e lo bacio sulla bocca.

Non sento niente, solo carne calda e saliva, un pizzico di disgusto. Pensare che un tempo lui mi eccitava ora invece mi è del tutto indifferente. Provo più trasporto quando Jack mi lecca gli stivali e mi massaggia i piedi.

Sebastian invece sembra gradire molto il bacio e quando mi stacco da lui posa il dildo e prende la frusta dalle mie mani.

So che Jack resisterà alle frustate, gli faranno più male del fallo anale ne sono certa, ma a livello emotivo può sopportare meglio la frusta rispetto al dildo. La sua forza di volontà non lo farà cedere, accetterà il dolore con gioia e non userà il safesign. Sarebbe una sconfitta per me. Il mio caro Jack non mi ha persa di vista un attimo e ha capito che ho interceduto per lui. Saprà rendermi orgogliosa anche questa volta.

Per me è un punto d'onore il fatto che i miei sottomessi non usino mai la *safeword* o il *safesign*, sono sempre riuscita a portarli al limite, a spingerli un po' più in là ma senza mai andare oltre il consentito.

Sebastian è davvero bravo e la sua esibizione con la frusta attira pubblico.

Non stacco gli occhi da Jack né lui da me. Mi sento così fiera di lui e quando la sessione si conclude vado personalmente a scioglierlo e a parlargli. Non mi piace il luccichio adorante che scorgo in fondo ai suoi occhi verdi. È senza dubbio un bell'uomo e uno dei miei migliori schiavi ma si sta legando troppo a me, dovrò porre rimedio il prima possibile. Per fortuna sua moglie ci raggiunge e glielo affido, poi mi allontano andando incontro al proprietario del locale.

«Dobbiamo parlare» esordisce lui senza preamboli.

La voce di Sebastian è proprio come lui: forte, intensa e maschia.

Obbedisco e lo seguo lungo il corridoio. Il suo locale è semibuio, illuminato solamente da piccole *applique* che diffondo una luce rossastra che crea un'atmosfera inquietante. Le sale però sono ampie, adatte ai giochi con la frusta e l'area *privée* ha piccole stanze accoglienti e dotate di tutti gli strumenti necessari alle sessioni private.

Non parliamo, seguo Sebastian fissando lo sguardo sulle sue ampie spalle. Sono quasi certa che sarà l'ultima volta che percorrerò questo corridoio, *Dannazione a me e al mio senso dell'onore.*

L'ufficio di Sebastian è illuminato a giorno e dopo tanto buio resto quasi accecata, strizzo gli occhi mentre mi abituo alla nuova luce.

Lui si avvicina al tavolino dove tiene una caraffa d'acqua e alcuni bicchieri. Ne versa un po' in un calice e me lo porge, lo prendo perché ho proprio sete. Mentre versa un altro bicchiere per sé inizia a parlare e il discorso è quello che immaginavo.

«Hai infranto la regola, da oggi non potrai più venire qui.»

Finisco di bere e lo guardo incerta se supplicarlo o salutarlo da stronzo quale è; scelgo la seconda.

«Dopo quello che ho visto, non ci tornerei neanche se me lo permettessi. Ho capito che il tuo club non è adatto a chi pratica il BDSM in modo serio e sicuro.»

Lui alza un sopracciglio e immagino che le sue sottomesse si eccitino da morire mentre lo fa. Purtroppo per lui, non sono una sua sottomessa.

«Stai attento a come gestisci il tuo locale, un giorno potresti procurare danni seri, ti ho avvisato. Grazie per l'acqua.»

Poso il bicchiere e me ne vado.

«Domina Rubra, la verità è che sei solo una piccola puttana bionda. Se non avessi il Marchese che ti copre le spalle nessuno ti farebbe entrare in un club. Sarò il primo, appena si spargerà la voce che ti ho messo al bando, altri seguiranno il mio esempio. Nessuno vuole una troia egocentrica come te.»

Sono già sulla porta e stringo forte la maniglia.

Meriterebbe che gli schiacciassi le palle sotto il mio tacco dodici!

Controllo. Mantieni il controllo, Amarante, e il potere sarà sempre nelle tue mani.

La voce del Marchese mi blocca, ricordandomi che il controllo dà potere, Sebastian l'ha perso io no, questo mi mette in una posizione di dominio.

Ingoio le parole che volevo dire e me ne vado in silenzio. Così che non possa dire che mi sono comportata in modo scortese o da donnetta isterica.

Dannazione!

Mi brucia ammetterlo ma ha ragione, se non fossi tra le mistress preferite del Marchese Sebastian non mi avrebbe aperto le porte del suo club.

Questa consapevolezza mi irrita, ci rimugino sopra tutto il tempo che passo in auto, guidando tra le vie movimentate di Parigi.

Quando arrivo a casa mi spoglio dell'abito da Domina Rubra e torno Amarante. Tolgo la lunga gonna nera di pelle e il corpetto con le coppe a balconcino, ripongo tutto con ordine nell'armadio e indosso una t-shirt e dei pantaloncini, perché devo sfogare la rabbia che sento e solo dando pugni al sacco ci riuscirò.

Era tanto che non lo facevo, vado nella camera degli ospiti in cui tengo le mie attrezzature sportive con le quali mi alleno.

Immagino che il sacco sia la testa di Sebastian, lo colpisco molte volte con violenza. Solo dopo che i muscoli delle braccia urlano per il dolore lascio perdere e vado a lavarmi.

Quando esco dalla doccia sono già le cinque, vado a letto, potrò dormire solo un paio d'ore, forse è meglio avvisare al lavoro che arriverò un po' tardi.

Non lo faccio spesso, ma oggi è necessario. Prendo il telefono e vedo tre messaggi.

Jack mi ringrazia e mi chiede quando potrà venire a baciarmi i piedi.

Sorrido da sola, quelle parole sono come un balsamo per il mio ego ferito. Eppure un campanello d'allarme suona in lontananza: che si stia innamorando di me? Scaccio il pensiero e vado oltre.

Il secondo sms è del Marchese in persona, mi chiede di passare al Rouge il prima possibile. Quello stronzo di Sebastian l'avrà chiamato.

Dannazione!

L'ultimo è una vera e propria sorpresa. È di Adelaide, l'ex direttrice del Rouge Club e mi ha scritto mezz'ora fa.

"Ciao Amarante, spero di non disturbarti, ora penso avrai finito la sessione" sorrido, è sempre stata così attenta alle esigenze di tutti. *"Vorrei poterti incontrare per fare due chiacchiere. Ho un'idea per un nuovo club e volevo l'opinione di una mistress in gamba come te. Vorrei fare qualcosa di diverso dai soliti club…"*

Non leggo oltre e la chiamo. È un gesto istintivo, impulsivo, ne sono sorpresa, di solito non agisco con avventatezza, pondero ogni decisione, ma il suo SMS alla fine di questa giornata è il richiamo di una sirena. Voglio sapere di che club si tratta.

La voce dolce di Adelaide risuona nel telefono subito dopo il primo squillo.

«Ciao Amarante! Sei stata molto gentile a richiamare.»

«È stata una serataccia e mi faceva piacere parlare con un'amica. Come stai? Ho visto il piccolo Yves la settimana scorsa e mi ha detto che ti sei ripresa molto bene.»

Lei ride.

«Che ho detto?» chiedo perplessa.

«*Piccolo* e *Yves* nella stessa frase. Mi sembra strano pensare a lui come a un piccolino.»

Mi lecco le labbra, in effetti ha ragione, Yves è cresciuto benissimo, da quel giovane *switch* che era, è diventato un bravo master, e ricordo quanto mi piaceva giocare con lui prima che lasciasse il Rouge.

«In ogni caso mi sono ripresa» continua Heidi. «Non ti nego che sia stata dura all'inizio, ma adesso sto andando avanti con la mia vita ed è per questo che ti ho scritto. Voglio aprire un locale e sto cercando di capire se quello che ho in mente può attirare clientela. Vorrei offrire qualcosa di esclusivo, differente dai soliti locali; la possibilità di giocare in modi che nessuno offre.»

Ora sì, sono curiosa!

«Avevo in mente un locale a vocazione prettamente FemDom.»

«Grandioso! Brava Adelaide è un'ottima idea.»

«Ci ho pensato tanto e ho analizzato l'offerta a Parigi e in Francia. Ci sono molti club, alcuni davvero incredibili come il Rouge, ma un locale in cui le donne siano protagoniste non l'ho trovato.»

«Perché non esiste» ammetto a malincuore, «il tuo sarebbe il primo.»

«Che ne dici di venire a colazione con me e di parlarne?»

«Certo, mi farebbe piacere rivederti, senza contare che mi mancano i tuoi favolosi capelli rossi.»

Lei rimane in silenzio.

«Non sto cercando un nuovo padrone o padrona» afferma decisa.

Sono una stronza!

«Scusa, mi sono espressa male. Fai conto che non abbia detto nulla. Sono reduce da una serata orrenda con un master che mi ha buttata fuori dal suo locale, da un sottomesso che penso si stia innamorando di me, insomma in questo momento ho pensieri poco positivi e ingombranti. Non voglio propormi come tua amante o padrona. Se devo essere sincera, mi sento molto vicina alla voglia di castità.»

Lei scoppia a ridere.

«Tu?! Non ci credo nemmeno se lo vedo! Comunque accetto le scuse e non preoccuparti, capitano serate no. Possiamo vederci tra due giorni?»

Ci accordiamo velocemente sul luogo e l'ora e poi ci salutiamo.

Ripongo il telefono sopra il comodino e sospiro mentre mi lascio cadere sul letto.

Un locale per FemDom, il mio sogno...

Un luogo in cui poter giocare senza implicazioni sessuali, ma solo per il gusto di farlo.

Chissà se Adelaide ha bisogno di una socia?

Non ho molti risparmi da parte ma potrei chiederle se mi vuole, c'è sempre bisogno di qualcuno che coordini le sale dei giochi. Vedremo che cosa mi dirà tra due giorni, almeno farò una bella chiacchierata con qualcuno di intelligente, non con un'idiota come Sebastian. Di certo nel suo locale Adelaide non mi avrebbe scacciata.

Poco prima di addormentarmi penso alla faccia che farà il Marchese quando verrà a sapere che la sua piccola Heidi sta per diventare una temibile concorrente, mi piacerebbe proprio vedere la sua reazione.

A. I. CUDIL

4.

Socie

Ce la puoi fare, ce la puoi fare.

Lo ripeto come un mantra mentre salgo le scale dell'uscita della metro, non guardo nessuno in faccia e punto solo l'uscita.

Respira, stai calma, non è difficile, devi solo convincerla a parlare con il Marchese.

Una parte di me la teme.

Domina Rubra è stata la mia prima mistress, il Marchese si fidava di lei e per questo abbiamo giocato assieme.

Poi il pensiero va ai nostri incontri nel mio ufficio, quando Amarante si toglieva il vestito da Domina Rubra e diventava un'impeccabile donna d'affari.

La sua vita era complessa, stava aiutando la famiglia in difficoltà economiche ma non rinunciava al suo essere mistress. Non le piaceva lavorare per l'azienda di famiglia, un mestiere che le stava stretto ma era molto competente e le avevo chiesto consigli in più di un'occasione. Lei non si era mai rifiutata, anzi mi aveva spiegato anche alcuni trucchi di marketing.

Questi pensieri mi rilassano, non sto andando a una sessione con una mistress, ma a fare colazione con Amarante, un'amica donna d'affari.

Entro nel piccolo locale in cui viene spesso il Marchese, non so perché l'ho scelto, forse perché la titolare ci conosce ed è molto discreta. Saluto la bella signora sui sessant'anni dietro il bancone e guardò intorno tra i piccoli tavoli rotondi cercando Amarante.

La vedo seduta in un angolo semi nascosto, sta giocando con il cellulare e pare corrucciata. Profonde rughe le solcano la fronte. Ma ha i lunghi capelli biondi sciolti ed è stupenda.

Ricordo il giorno in cui l'ho accompagnata dal Padrone, lui aveva grandi progetti per quella mistress e infatti l'ha trasformata nella migliore di tutte.

«Gli uomini obbediscono mal volentieri alle bionde, mettiti questa» le aveva detto porgendole una parrucca rosso fuoco e da allora Amarante era diventata Domina Rubra. Il nome le era rimasto ma la parrucca era presto sparita perché Amarante non sopportava di indossarla. Se penso al piccolo scontro con il Marchese che l'aveva vista vincitrice mi viene ancora da ridere. Sì, Domina Rubra è una mistress davvero cazzuta!

Gli occhi azzurri di Amarante si spostano dal telefono a me e il volto si illumina mostrando la sua vera bellezza: un sorriso aperto e due adorabili fossette sulle guance. Mi si allarga il cuore per l'accoglienza che mi riserva e quando si alza per venirmi incontro mi tuffo tra le sue braccia.

Amarante è alta quasi un metro e ottanta, ha muscoli scattanti e mentre mi stringe mi sento protetta come fosse la sorella maggiore che non ho mai avuto.

«Mi piaci un sacco con questo taglio!» dice passando le dita sui capelli corti. «Sei sbarazzina ed elegante nello stesso tempo. Sediamoci, vuoi prendere un caffè?»

«Tu invece sei sempre bellissima! Sì, berrò un caffè.»

Amarante fa un cenno alla proprietaria che arriva e prende l'ordinazione.

«Dimmi tutto. Anzi, no. Come stai?» mi chiede quando restiamo sole.

Il suo sguardo è attento mentre mi scruta in profondità.

Lascio che le barriere cadano, smetto di fingere di stare bene e le mostro i sentimenti contrastanti che albergano nel mio cuore.

«È dura. A dicembre ero molto depressa, sono tornata a Vienna dalla mia famiglia, ho frequentato degli amici e mio fratello. Grazie a loro ho capito che potevo farcela da sola e ho iniziato l'anno con una nuova determinazione. Ma basta un niente a ricordarmi del Marchese.» Deglutisco perché con lei mi sento sicura e posso pronunciare ad alta voce quello che non ho avuto il coraggio di dire da mesi. «Mi manca e temo mi mancherà sempre, ma ora sono indipendente e voglio percorrere una strada tutta mia.»

Lei mi ascolta senza giudicare e rimane in silenzio. Lo apprezzo, perché non c'è nulla che possa dire che mi faccia sentire compresa come questa muta condivisione della sofferenza.

«Ho un progetto per un locale e volevo parlarne con un'esperta come te e chiederti un aiuto» le dico per cambiare discorso.

Lei sorride e mi prende una mano.

«Vorrei tanto poterti aiutare economicamente ma conosci la situazione della ditta della mia famiglia. In questo momento è tragica, stiamo chiudendo, dovrei riuscire a liquidare tutti i debitori, i miei hanno la loro pensione, ma davvero non ho più risparmi da poter investire nel tuo club. E credimi, il tuo progetto mi piacerebbe seguirlo» poi ride «pensa che avrei anche il

39

locale giusto da proporti. È a Nizza, conosco tutti nell'ambiente nizzardo, sarebbe un bel posto, lontano da Parigi e dall'influenza dal Marchese.»

Mi illumino e ora mi sento più serena nel farle la mia richiesta.

«Volevo chiederti un favore, non ho bisogno di soldi, anzi sì, ma tu già ora mi hai dato un grande contributo. Ti andrebbe di presentarmi ai tuoi contatti nizzardi?»

«E? Sputa il rospo ragazza. Che cosa ti tormenta davvero?»

La signora mi posa il caffè davanti e io ringrazio, prendo la tazzina con due mani e guardo la bevanda scura, mi inebrio dell'aroma prima di parlare.

«Ho bisogno dell'appoggio del Marchese. Sappiamo tutte e due che un locale BDSM deve essere approvato dal Padrone per avere un futuro. Lui controlla molto di più del Rouge Club. Se voglio avere successo nella mia attività ho bisogno di averlo come amico, non come nemico.»

Lei ride.

«Il Marchese non si opporrebbe mai. Non ti porta rancore. Anche dopo che te ne sei andata ha avuto solo parole di lode nei tuoi confronti.»

Lo speravo ma non è quello che intendevo.

«Non posso andare a chiedergli il consenso. L'ho visto l'ultimo dell'anno e ho promesso a me stessa che non avrei più supplicato davanti a lui.»

La guardo e vedo che le rughe profonde le solcano di nuovo la fronte.

«Mi stai proponendo di chiedere il consenso del Marchese al posto tuo? Ti rendi conto che potrei indispettirlo? Se credesse che ora sei la mia sottomessa?»

Impallidisco. Non ci avevo pensato.

Lei sorride.

«Ti andrebbe una socia squattrinata? Se mi presentassi a lui dicendo che sono tua socia lui si farebbe una risata sapendo che non ho soldi ma magari penserebbe che conosco la clientela e Nizza e potrei dare il mio contributo. Tutte cose vere per altro.»

«Ieri un'altra mistress si è proposta come socia. E adesso anche tu. Un locale per FemDom con proprietarie donne mi piace. Ma come ho detto ad Amélie, io avrò il 51%»

«Immagino che sia giusto, l'idea è stata tua. Dovrei vedere il business plan e conoscere questa mistress. Di te mi fido ma lei non la conosco, non so se ci intenderemo.»

«Questo è facilmente risolvibile, potremmo trovarci tutte e tre nella Spa del Six Senses. Lì ho degli amici che potrebbero darci una stanza riservata e mentre facciamo una sauna parlare dei nostri progetti. Ma voglio la tua rassicurazione che intercederai con il Marchese.»

«Lo farò, però devo farti una domanda, se il Padrone volesse partecipare alla tua impresa o voler mettere qualcuno dei suoi saresti disponibile ad accettare?»

«No! Assolutamente no!»

Lei ridacchia.

«Hai i soldi per avviare l'attività?»

«Ho dei risparmi e una quota me la presterebbero mio fratello e la banca. Poi la rimanente parte la metterà Amélie.»

Lei serra le labbra.

«Bene, ci proverò, ma sai quanto esteso è il suo potere. Credo che dovresti farti forza e venire con me a parlargli. Magari non subito, intanto si può andare avanti con il progetto. Gli parlerei in via preliminare per sentire che dice, poi tu dovresti ringraziarlo. Non devi andare da sola, andremmo tutte e tre così sarebbe più professionale e meno personale.»

Tocco la tazzina, incerta.

«Ci penserò. Ora lasciami chiamare Amélie. È un architetto e vorrebbe progettare lei l'arredamento del locale. È molto brava.»

«Interessante. Questo pomeriggio dopo le cinque sono libera, se per voi va bene. Ti avviso che sono istintiva. Se a pelle questa donna non è nelle mie corde dovrò tirarmi indietro. Ma ti farò lo stesso il favore di parlare con il Marchese.»

Scuoto la testa ridendo. Ricordo anche troppo bene come maltrattava chi non le piaceva e come avesse respinto più di un sottomesso. Lei era diventata famosa anche perché non era in sintonia con Diego, l'unica a non sbavare per lui. Mentre aveva preso sotto la sua ala Yves fin da subito.

«Sai che Yves ora lavora al Six Senses?»

Il suo sguardo si fa malizioso.

«Allora lo senti ancora! Lo sapevo che tra voi c'erano fuoco e fiamme!»

«È un amico» ribatto imbarazzata.

«È sexy da morire» mi fa l'occhiolino e non posso che essere d'accordo.

Rido e un po' arrossisco ma ho già fatto il numero di Amélie e parlo con lei concordando l'incontro per le sei.

Ci salutiamo e poi vado a casa per prepararmi tutto il progetto, riguardo business plan, proiezione clienti, area geografica nizzarda.

Lavoro per un paio d'ore poi prenoto la sauna al Six Senses.

Mi fermo a pensare alle due mistress, il folletto inarrestabile e la valchiria feroce. Spero di non venire stritolata tra due personalità così dirompenti. Devo ammettere però che parlando con loro ho avvertito una sotterranea voglia di rivincita che ho riconosciuto. Come me vogliono qualcosa che le affermi come protagoniste.

Arrivo per prima in Rue de Castiglione e salgo al primo piano dove si trova la Spa del Six Senses. È un centro benessere a tutti gli effetti, ma è anche un'agenzia per accompagnatori per annoiate signore parigine. Qui lavorano e vivono Yves e Cedric, al piano di sopra viveva anche Diego, prima di partire per la Spagna. Entro nell'atrio del locale elegante e sofisticato, una musica rilassante mi avvolge e il profumo di gelsomino che aleggia nell'aria. Dopo aver verificato con la ragazza alla reception la prenotazione vado nello spogliatoio a cambiarmi.

Indosso solo l'asciugamano beige della Spa e aspetto le mie future socie.

Puntuale arriva Amélie: è vestita con un completo molto professionale, giacca e gonna al ginocchio e i capelli scuri raccolti in uno chignon. Appena mi vede mi sorride e il suo viso assume quell'espressione birichina che la fa apparire così giovane e pronta a fare uno scherzo a qualcuno.

«Ciao Adelaide! Dov'è la terribile Domina Rubra?»

Si guarda attorno e poi posa una borsa sportiva vicino al mio armadietto.

«Arriverà a momenti.»

43

Infatti in quell'istante si apre la porta ed entra Amarante.

Ha i lunghi capelli biondi raccolti in una treccia laterale, indossa jeans neri attillati e una camicia verde pallido.

Il suo sguardo si fissa su Amélie e ci resta a lungo.

Fa che si piacciano! Fa che si piacciano!

Dico tra me, invocando l'aiuto di un dio non ben identificato. Poi Amélie scoppia a ridere.

«Adelaide non scherzava! Sei proprio una valchiria cazzuta!»

Amarante corruga la fronte e mi guarda chiedendo conferma e faccio un timido sorriso, mi sa che l'ho proprio definita così.

«A me invece non aveva detto che tu eri una dispettosa dama dei boschi, una vera Dame Blanche.»

Amélie alza le spalle.

«Credo che tutte le donne sotto sotto siano delle dispettose Dames Blanches.»

«Hai ragione» dico divertita. Mi è sempre piaciuta questa leggenda francese delle fatine cattive che tormentano solo i maschi.

Amarante si avvicina e le tende la mano.

«Ciao socia.»

Amélie ricambia la stretta e sorride.

Ora posso respirare.

Grazie sussurro al dio benefico che mi ha ascoltata.

5.

Luc de la Court

Le lunghe dita affusolate chiudono l'ultimo nodo.
Deglutisco.

Sono eccitata. Non riesco a togliere gli occhi da quelle mani e penso a quello che potrebbero farmi provare se si posassero su di me.

Respira, Amélie! Respira!

Ti rendi conto che sei venuta al Rouge Club per aiutare il progetto del tuo locale FemDom e sei qui che sbavi per uno maestro shibari sconosciuto?

Cerco di darmi un contegno mentre assisto a questo gioco sofisticato.

La donna non è magra ma lui la tratta come fosse fragile e delicatissima. Ora che ha iniziato la sospensione lei geme di piacere. Le sussurra all'orecchio, non perde mai il contatto con la sua sottomessa. È davvero bravo.

Non sono mai stata attirata da questo gioco ma vedere questo maestro in azione è qualcosa di simile alla creazione di un'opera d'arte: lui sta scolpendo la carne morbida di quella donna. Lei lo sa e si bea della sensazione.

Tutte le attenzioni sono su quel corpo trasformato in piacere per gli occhi e per la mente mentre io non riesco a togliere lo sguardo dal sorriso che appare sulle labbra dell'uomo.

Sono labbra ben disegnate, sottolineate da un pizzetto scuro, il resto del volto è coperto da una maschera blu, ma è un bell'uomo ne sono sicura. Di certo è in forma, ha un fisico snello e ben proporzionato.

Non ha i muscoli di molti master ma è solido e affidabile. È una strana definizione da dare a un maestro del sadismo eppure è la parola che per prima mi viene in mente per descriverlo.

Si gira e incrocio il suo sguardo, sta guardando me, non posso sbagliarmi, nel cerchio di persone che lo circondano ha scelto proprio me.

Il cenno del capo è inequivocabile: mi sta chiamando.

Vado verso di lui come una falena va verso il fuoco attirata dalla sua luce invitante. Il pubblico si fa da parte per farmi passare, i sottomessi riconoscono subito che sono una mistress.

Oggi sono vestita per le grandi occasioni, non poteva essere diversamente visto che sono venuta al Rouge Club con le mie socie per parlare al Marchese.

Indosso un corpetto blu molto stretto che solleva e valorizza il seno, dei microshort in pelle coordinati al bustino e una gonna con lo strascico che si apre sul davanti quando cammino.

Naturalmente indosso i miei stivali di vernice rossa con il tacco dodici.

Quando gli sono accanto mi rendo conto di arrivargli a malapena alla spalla ma non mi sento intimorita.

«Mistress, per favore aiutami» mi chiede con gentilezza e la sua voce è carezzevole mentre mi porge la corda. L'afferro senza fiatare, lui inizia ad accarezzare la donna e sento i suoi gemiti riverberarmi nel ventre. Quando le stringe un capezzolo, sento sui seni un formicolio eccitato quasi desiderassi lo facesse a me. Mi sto bagnando per il piacere e osservo tutta la scena con il fiato corto.

Le sussurra qualcosa all'orecchio, le sorride, poi torna da me e riprende la fune, la fa scorrere lentamente e la sottomessa torna a terra.

La sostiene e con gentilezza le accarezza la testa, poi mi guarda e so che devo andare da lui. Iniziamo a sciogliere i nodi, con calma, mentre lui parla senza interrompersi. La sua voce è una melodia sensuale e ipnotica, la sta rilassando e la donna sembra in estasi. Avverto che è un momento speciale, l'intesa perfetta tra dominatore e sottomesso. Mi sento parte di una magia sensuale che non avevo mai provato.

Quando anche l'ultimo nodo è sciolto affida la donna a uno degli assistenti del club.

La folla che ha assistito alla sospensione si è dispersa e rimaniamo solo io e lui.

«Grazie per l'aiuto.»

«È stato un piacere assistere un maestro shibari tanto bravo.»

Lui sorride compiaciuto, ma non mi aspetto nulla di meno, poi mi afferra il mento e lo solleva.

«Sei nuova? Non ti ho mai visto al Rouge.»

Mi scosto perché il suo tocco mi fa perdere concentrazione e non posso comportarmi come una novellina.

«Non lo frequento molto, mi piace praticare in luoghi meno appariscenti.»

Scoppia a ridere.

«Certo, basta guardarti per capire che vuoi passare inosservata.»

«La bellezza non va nascosta» affermo con alterigia sfidandolo con lo sguardo.

Lui si zittisce e fa un cenno con la testa mentre i suoi occhi lampeggiano.

«Hai ragione, una donna bella come te dovrebbe essere sempre al centro dell'attenzione. Se me lo permetti, mistress, vorrei sospenderti.»

Deglutisco. Due volte.

Come rispondere senza offenderlo?

Sono qui per entrare nelle grazie del Marchese e questo maestro è di certo un suo protetto, mi sta facendo un grande onore, mi ha eccitato vederlo muoversi attorno a quella donna, ma cedergli il controllo?

No, non cederò il controllo a uno sconosciuto.

«Non ora» mi sorprende, «quando ti sentirai pronta. Chi è dominante come te, fatica a farsi legare. Credimi, lo dico perché anche io mi sono fatto legare, a volte cedere il controllo può aiutarci a capire il grande dono che ci fanno i sottomessi.»

Sto per ribattere che lo so bene quando vengo chiamata.

«Amélie, eccoti!»

La voce di Adelaide interrompe l'intesa tra noi e lui si gira di scatto.

«Heidi!» esclama e la sua voce è gioia pura.

Si abbracciano con trasporto.

«Master Luc che bella sorpresa! Hai fatto una sospensione e me la sono persa? Mi spiace» dice facendo il broncio, poi mi guarda. «Ora ti perdono, cara, pensavo mi avessi abbandonata ma le sospensioni di Luc sono ipnotiche.»

E non solo…

Penso al mio sesso umido e come mi batteva il cuore mentre gli ero accanto.

«Questa magica creatura è tua amica?» chiede lui guardandomi con desiderio.

Adelaide sorride e mi prende per mano.

«È mia socia. Con lei e Amarante apriremo un locale a Nizza.»

Lui ci scruta e guarda le nostre dita intrecciate, posso intuire che corruga la fronte sotto la maschera.

«Il Marchese lo sa?»

«Siamo amiche e socie d'affari non ci sono relazioni di dominio tra noi. Siamo qui proprio per parlare del nostro progetto con il Padrone e vorremmo il suo parere. Amarante è già con lui.»

Lui si rilassa.

«Belle signore, se è così, allora venite, andiamo nella mia sala e beviamo qualcosa. Ho l'impressione che il Marchese mi chiederà un'opinione professionale.»

Chi è?

La domanda mi corre dentro e vorrei che Adelaide mi parlasse invece mi trascina nel corridoio, su per le scale fin dentro una camera bellissima. Lui ci ha seguite, appena entrate si è avvicinato a una poltrona e si sta togliendo la maschera.

Trattengo il fiato. Temo di restare delusa. Invece no.

È un uomo sulla cinquantina, ha dei folti capelli scuri che sulle tempie sono un po' grigi, il naso è adatto al suo viso aristocratico mentre gli occhi azzurro chiaro mi osservano divertiti.

«Signorina, ora che mi sono levato quell'indispensabile strumento di privacy mi presento come si deve. Luc de la Court.»

«Merda secca!» Mi tappo la mano e lui scoppia a ridere.

«Mi hanno chiamato in molti modi, anche poco gentili ma *così* è davvero la prima volta!»

«Mi scusi, è che lei è…»

«Prima ci davamo del tu» mi dice stringendomi la mano.

«Prima di sapere di avere davanti a me un magistrato così importante.»

«Posso contare sulla tua riservatezza?» e mi fissa con intensità, uno sguardo d'acciaio che mi mette i brividi. Mi sta minacciando e la cosa invece di farmi arrabbiare mi eccita.

«Assolutamente, signore».

Si tratta di un uomo esperto di legge, ecco perché il Marchese potrebbe chiedere il suo parere. Ma noi non faremo nulla di illegale.

Dei colpi gentili alla porta lo distraggono e va ad aprire.

Una donna gli parla all'orecchio e lui prima corruga la fronte, poi annuisce.

«Mie care, il Marchese richiede la nostra presenza.»

Adelaide mi stringe la mano sinistra.

Non so quando in questi pochi giorni è diventata mia amica, ma sento il suo terrore, la paura. Non può farcela da sola.

Serro con forza le dita sulle sue.

«Andremo insieme e ce la faremo» le dico a bassa voce.

Lui guarda Adelaide e fa un cenno della testa, la sua espressione sembra triste per un attimo, poi scompare e torna l'uomo sicuro di sé.

Lo seguiamo fino a quello che è il famoso salotto viola, la stanza privata del Marchese.

Quando entriamo vediamo subito il Padrone, ci attende in piedi in penombra e le luci soffuse rendono l'atmosfera intima sensuale e stuzzicante.

Adelaide trema ma la sua voce è ferma quando lo saluta.

«Buonasera Marchese, grazie di averci ricevute.»

«Sei sempre la benvenuta, lo sai, non devi pensare che sia diverso. Mi fa piacere apprendere da Amarante che intendi avviare un'attività al sud, hai scelto delle brave socie. Hai risorse finanziarie sufficienti?»

«Chiederò un piccolo prestito in banca.»

«No, non sarà necessario, una quota la metterò io, tramite uno dei miei. È bene che in un luogo così "vivace" come Nizza si sappia che il vostro locale è sotto la mia protezione.»

Adelaide si arrabbia.

«Signore, il club deve essere nostro e solo nostro» e indica me e Amarante che non la guarda. È in piedi vicino al caminetto e sta fissando Luc con espressione sgomenta.

«Lo so che vuoi renderti indipendente da me, ma gli affari sono affari e a Nizza comando io e quei bravi ragazzi russi. Chiediti: preferisci essere in affari con me o con loro?»

Lei si morde le labbra e decido di intervenire.

«Signore, la ringraziamo per la sua gentile offerta, non osavamo chiedere tanto, immaginiamo che lei sarà troppo impegnato a Parigi per venire nel nostro piccolo club, esatto?»

«Sì, mia cara Amélie, sono molto impegnato, però mi piace seguire da vicino i miei investimenti, vi affiderò a qualcuno di mia fiducia.»

«Dobbiamo incontrarlo prima, Padrone, desidero conoscere i miei soci e voglio accertarmi che le nostre scelte siano condivise» afferma Amarante, facendosi avanti.

«Mi pare una richiesta corretta, ma voi lo conoscete, è qui con noi. Luc de la Court è l'uomo di fiducia a cui intendo affidare l'osservazione del vostro club.»

Adelaide sgrana gli occhi e Amarante si gira a fissare il magistrato ma le loro espressioni sono nulla rispetto allo stupore del maestro shibari.

«Non credo di poterlo fare nella mia posizione…»

Il Marchese alza un sopracciglio e rabbrividisco.

«Gentili signore, volete scusarci? Io e il mio vecchio amico dobbiamo parlare in privato.»

Amarante prende Adelaide sottobraccio e la trascina fuori, io esito incerta ma Luc mi fa un cenno ed esco.

Le mie socie sono appoggiate alla parete di fronte alla porta e sono pallide mentre mi guardano.

«Non mi aspettavo una cosa simile» dice Amarante. «Certo, immaginavo che ci avrebbe messo qualcuno a vigilare ma, Cristo Santo, Luc de la Court! Lui è un uomo importante, ha un lavoro impegnativo ed è un suo *amico*!» sottolinea la parola "amico" con un acuto che mi fa temere sia un brutto segno.

«Ci fa un onore immenso» dice Adelaide emozionata, posso vedere le lacrime brillare sui suoi occhi, le accarezzo la testa.

«Ti vuole bene a suo modo e vuole proteggerti» aggiunge Amarante.

«Che tipo è? Cioè, è un maestro shibari bravissimo e un uomo raffinato ma ci si può parlare? Non voglio un maschio alfa che viene nel nostro locale a spadroneggiare» chiedo un po' perplessa.

Adelaide scuote la testa.

«Dirà di no. Non accetterà mai. Non ha nulla da guadagnare. Senza contare che la sua vita è a Parigi.»

«Questo è un vantaggio per noi. Se proprio non possiamo liberarci del guinzaglio del Marchese almeno che sia un guinzaglio lungo, vi pare?» afferma Amarante.

Le porte si aprono e Luc esce.

Il suo viso ha un'espressione tesa, rughe che prima non c'erano ora gli solcano la fronte e i suoi occhi lanciano lampi blu di rabbia.

Poi ci mette a fuoco e l'espressione diventa più amichevole.

«Voglio vedervi tutte e tre, nel mio ufficio, nei prossimi giorni. Adelaide, chiama la mia segretaria, fisseremo un appuntamento. Portate il business plan, le planimetrie e i vostri progetti. Se devo buttarmi in questa follia desidero farlo con gli occhi ben aperti.»

«Grazie Luc» risponde lei andandogli incontro.

Lui fa un cenno ad Amarante e mi sorride.

Sorride a me, solo a me e le mie socie se ne accorgono.

Dopo aver salutato e ringraziato il Marchese ce ne andiamo e mentre l'auto di Adelaide percorre il viale di ingresso della villa del Rouge Club, Amarante si gira e mi guarda.

«Ora raccontami come sei riuscita a conquistare quell'uomo di ghiaccio, perché da quando è morta sua moglie non ha più sorriso a nessuno come ha sorriso a te questa sera, vero Adelaide?»

Lei mi guarda nello specchietto.

«Verissimo! Si è illuminato mentre ti salutava.»

«Che volete che vi dica? È il mio destino, ammaliare gli uomini e renderli schiavi!»

Amarante scoppia a ridere e Adelaide sogghigna.

Io però penso che quel sorriso mi ha scombussolata più di quanto volessi.

Merda secca!

6.

Il Marchese

Il Padrone ci ha incastrate!

Io e le mie nuove socie, Amélie e Adelaide, dobbiamo incontrarci con l'amico del Marchese e discutere i dettagli. Certo che una mossa simile proprio non me l'aspettavo!

Mi sistemo l'impermeabile legando la fibbia, per essere marzo fa ancora freddo e preferisco andare a piedi nell'ufficio di Luc de la Court. Così potrò pensare.

Mentre i tacchi degli stivaletti riecheggiano sul marciapiede ripercorro i fatti di ieri sera.

Adelaide tremava all'ingresso e nonostante Alex e gli altri ragazzi della sicurezza l'abbiano salutata, vezzeggiata e strizzata come una bambola lei non si è rilassata.

Amélie e io abbiamo concordato che lei le sarebbe rimasta in disparte mentre chiedevo un colloquio privato con il Marchese.

Se devo dirla tutto anche io avevo un po' di batticuore. Il Padrone mi ha insegnato a essere la mistress che sono e gli devo molto, tutto.

Certo, in cambio lui mi ha chiesto una gran parte della mia anima e sono contenta di avergliela donata.

Ho lasciato le mie amiche al bar del club alle cure del barista, l'affascinante Théo, e mi sono diretta verso l'ufficio del Marchese salendo la splendida scalinata di granito brasiliano color bordeaux.

La nuova direttrice, Marguerite, mi è venuta incontro sul ballatoio.

«Il Padrone l'attende nel salotto viola.»

L'ho ringraziata con gentilezza, è una donna carina e poco appariscente. Non ha la classe innata di Heidi ma rispetta i canoni di bellezza e riservatezza del club.

L'ho seguita nella sala privata del Marchese, da lì un altro piccolo andito ci ha condotte davanti a una porta decorata da stucchi colorati e mentre l'apriva la bella manager mi ha sorriso, facendomi cenno di accomodarmi.

Sono entrata nel salone e una vampata di calore mi ha acceso le guance. Le fiamme che brillavano nel monumentale caminetto illuminavano un uomo che mi dava le spalle.

Il mio mentore stava aspettando in piedi vicino al fuoco.

«Marchese, dovrei parlarle.»

«Accomodati» ha risposto con voce profonda e sicura di sé voltandosi.

Come al solito aveva il viso coperto da una maschera veneziana di porcellana bianca e orlata di seta. Nessuno dei soci del club l'ha mai visto senza e questo ha ammantato il suo personaggio di un ulteriore alone di mistero e soggezione.

Oltre il suo ovale ho scorto la mascella volitiva, il pizzetto scuro che incornicia le labbra sottili e dietro il calco di porcellana si intravedevano gli occhi di un grigio imperscrutabile.

È un uomo di una bellezza ruvida, ho avuto l'onore di vedere il suo volto sotto la maschera. C'è una sorta di regale eleganza in lui oltre all'acuta intelligenza che gli fa brillare gli occhi e che mi ha sempre intimorito.

Mi sono avvicinata mentre lui ha preso una bottiglia posata al centro del tavolino, ha riempito un bicchiere per poi porgermelo.

«Mi lasci anche tu, la mia mistress preferita, la mia fiamma del dolore» e ha indicato il fuoco sorridendomi.

Ho deglutito. È un privilegio il suo sorriso, è stato un privilegio essere una sua allieva e dannazione, sono andata da lui per dirgli che lo lascio.

«Mi spiace Padrone, ma è ora che vada per la mia strada.»

«Brindiamo alla tua indipendenza.»

Abbiamo fatto tintinnare i cristalli e poi ne ho bevuto un sorso, gustando il sapore squisito.

«Ti ascolto» ha esordito rimanendo in piedi di fronte a me.

Mi sono sentita una ragazzina e sono arrossita.

«È un anno ormai che non mi trovo più a mio agio nei vari club, pretendono di scegliere le linee da seguire e che io obbedisca. Da tempo cercavo qualcosa di diverso e Adelaide ha avuto un'idea che condivido. Padrone, vorremo aprire un nostro club a Nizza.»

«Volete rilevare il Dungeon?»

«Sì, proprio quello, il locale ha chiuso tre mesi fa.»

«Mi stai chiedendo il permesso?»

«Padrone, lei è stato il mio mentore, ho imparato tutto da lei e lasciarla è difficile. Sarebbe impossibile andare avanti da sole senza avere il suo benestare. Non vogliamo entrare in competizione, solo aprire un club FemDom.»

Lui ha sorseggiato un altro po' di champagne.

«Interessante. E ardito, come voi due, per altro. Chi è la ragazza bruna che è con voi?»

«È la terza socia, Amélie Lambert, un'amica di Adelaide e di Diego, fa l'architetto.»

«Ah, sì, certo! Sapevo che Diego frequentava una mistress eccentrica» poi ha posato il bicchiere vuoto sul tavolino ed è andato a sedersi su una delle due poltrone accanto al fuoco.

L'ho seguito accomodandomi di fronte a lui.

«Vedi, mia cara, questo è stato un anno difficile per me e i miei amici. Alcuni hanno perso persone care, altri ne hanno trovate, alcuni se ne sono andati come Diego, Yves, Adelaide e adesso tu. Sono i cicli dell'esistenza, persone che entrano ed escono dalla vita, ma i legami restano. Apprezzo che siate venute subito da me ma non sono felice di perderti.» Mi ha osservata in silenzio prima di proseguire. «Però ho ascoltato le lamentele di Sebastian nei tuoi confronti, e quelle riferitami da Alex presso altri club, è evidente che sei insoddisfatta. Le tue performance ne risentono, in questo momento non sei una mistress adatta al Rouge Club.»

Ho annuito mordendomi il labbro e maledicendo Sebastian.

«Dimmi, lascerai i tuoi sottomessi qui a Parigi?»

«Credo di sì.»

«Li affiderai a me?»

«Sì, naturalmente.»

«Bene. Vorrei parlare con Adelaide, so che è abile nel suo lavoro ma devo mettere alcuni punti fermi. Il primo e più importante è che non potete farcela senza la mia protezione. Una città violenta come Nizza e tre donne bellissime. No, non posso permettervi di esser sole.»

Mi sono irrigidita e lui ha proseguito in tono duro.

«Serve che ti rammenti dei russi dello scorso anno?»

Un brivido mi è sceso lungo la schiena ricordando la banda di mafiosi che per poco non aveva ucciso Diego.

«No, grazie Padrone» lui ha sorriso di nuovo, ma io ho proseguito. «Heidi si opporrà. Vuole indipendenza e teme di tornare a dipendere da lei se i contatti fossero assidui.»

Massaggiandosi il mento ha convenuto con me che avevo ragione.

«Una giusta analisi, mia cara, dovrò chiedere aiuto a qualcuno di fidato. Farò chiamare le tue socie, le voglio vedere.»

Si è alzato ed è uscito per rientrare subito. Le mie socie sono arrivate poco dopo accompagnate da Master Luc e tutti e quattro abbiamo ascoltato le condizioni del Padrone.

Avere il conte Luc de la Court come socio è il compromesso a cui dobbiamo scendere per aver la protezione del Marchese.

Ed ora eccoci qui tutte e tre nella sala d'attesa del magistrato de la Court in attesa di definire con lui i dettagli della nostra società e del futuro del nostro club.

«Signorine, monsieur de la Court vi può ricevere» ci sorride la sua compita segretaria.

Il suo studio è come me l'aspettavo, ampio, luminoso, arredato con toni pastello e mobili eleganti, con diversi quadri moderni dai colori sgargianti e con una scrivania ingombra di carte.

Lui invece non me lo aspetto così. Sebbene sia elegantissimo nel suo completo Dolce e Gabbana grigio antracite è spettinato e ha profonde occhiaie scure che danno al suo viso un'espressione tormentata.

Dormito poco Luc?

59

Senza dubbio è un uomo dal fascino particolare e noto che Amélie ne è colpita.

Ahi, ahi non va bene che si invaghisca dell'uomo di fiducia del Marchese...

Sarà un signore, un nobile dalle maniere eleganti ma ha un'intelligenza acuta, feroce ed è un mastino, lo so bene.

«Venite qui» ordina. «Avremo bisogno di spazio per analizzare tutti i punti che ci interessano» e ci spostiamo su di un tavolo in vetro e metallo rettangolare con sei sedie.

Heidi prende in business plan mentre apro la planimetria del Dungeon.

Amélie invece ha dei cataloghi per i tessuti e per l'illuminazione del locale.

«Perché la luce è un elemento fondamentale di seduzione» ha detto prima e se ripenso al locale di Sebastian capisco che ha proprio ragione.

Luc ci ascolta mentre una alla volta esponiamo il progetto e man mano che passano i minuti il suo viso si rilassa, poi inizia a fare domande e la sua voce si anima. Quando Amélie finisce la sua esposizione pare molto più sereno.

«Sarà un locale di grande successo, complimenti! Sapete, tutto sommato non mi dispiace entrare in questa squadra. Ora veniamo alle mie competenze. Redigerò i contratti e l'accordo di riservatezza da far sottoscrivere ai soci del club, mi occuperò dell'assicurazione del locale e della sala dedicata allo shibari» Heidi vuole interromperlo ma lui la blocca. «Lo so che volete che sia un FemDom ma insisto. Lo shibari è un'arte che può interessare a molti clienti, mi offro come maestro per una di voi tre per insegnarle le tecniche base così e voglio anche tenere dei corsi nel club.»

Sorrido perché ha ragione.

«Potrebbe essere interessante ampliare l'offerta dei giochi per i nostri soci e socie, che ne dite?» chiedo.

Adelaide acconsente e lui prosegue.

«Bene, lasciatemi lavorare ai contratti e organizzare il mio trasferimento a Nizza. Potremmo trovarci nel locale tra due settimane, siete d'accordo?»

«Ti trasferisci a Nizza?» chiede Adelaide precedendomi.

«È da molto che voglio lasciare Parigi e non serve che ti spieghi il perché» e l'osserva con intensità.

So che cosa sta pensando. La tragica morte di sua moglie due anni fa lo ha sconvolto. Da allora la sua presenza al club è diventata saltuaria. Immagino non si sia mai ripreso del tutto.

«Il vostro progetto, signore mie, è l'occasione che attendevo per cambiare vita. Sia chiaro, non apparirò mai, e dico mai, in nessun documento, ma mi iscriverò come un socio qualsiasi così potrò entrare a mio piacimento e fare il lavoro che mi ha incaricato di fare il Marchese.»

«Marcare il territorio come il maschio dominante» sbuffo.

Lui mi lancia uno sguardo divertito.

«No, proteggere il club mettendo il sigillo di appartenenza del Marchese.»

«Come pensi di fare?» chiede Amélie.

«Per prima cosa inizierò a diffondere la voce. Poi pensavo che l'insegna, il logo, l'intera immagine coordinata, che sceglierete dovrà contenere una componente significativa di colore viola perché tutti vedendola sappiano…»

«Che è del Marchese perché il viola è il suo colore» completa la frase Adelaide.

«Esatto. In questo modo la protezione del Marchese sarà ben visibile.»

Ha ragione. Un modo semplice ma efficace per tutelarci dalla mafia russa.

Parliamo ancora un po' di altri dettagli poi la segretaria entra per ricordargli un altro appuntamento e l'incontro termina.

«Grazie Luc, ci sentiamo presto» dice Adelaide dandogli la mano.

Mentre lasciamo l'edificio il brivido dell'eccitazione ci pervade: adesso si fa sul serio!

7.

Yves

Yves esce dalla doccia e lo guardo estasiata.

Ha solo un asciugamano sui fianchi e gocce di acqua gli scendono lungo il petto. *Gnam!*

«Heidi, che sorpresa! Chi ti ha fatta entrare?»

Mi alzo dalla poltroncina vicino al letto e mi avvicino a lui.

Sono andata al Six Senses subito dopo aver lasciato l'ufficio di Luc, volevo salutare come si deve Yves, ma non pensavo sarei stata così fortunata.

«Mi ha aperto Cedric» gli dico mentre gli poso le mani sul petto.

Lui mi blocca una mano e diventa serio mentre mi mangia con gli occhi.

«Ricordami di ringraziarlo» poi accarezza una guancia, scende dietro la nuca e mi attira a sé.

La sua bocca mi divora e sento sciogliere ogni fibra del mio corpo, quando si allontana mi guarda negli occhi famelico.

«Speravo venissi da me.»

«Non sono qui per parlare» e mi piego per leccargli un capezzolo.

Un verso strozzato gli esce dalle labbra mentre percorro con una serie di baci i suoi addominali.

Con facilità gli tolgo l'asciugamano e mi godo la splendida vista del suo membro teso e svettante. Mi lecco le labbra.

«Heidi» dice lui con voce roca.

Lo lecco dalla base e arrivo fino alla punta dove c'è già una lacrima di piacere che mi mostra quanto sia eccitato.

Yves trema mentre gli accarezzo i testicoli poi prendo in bocca tutta la sua asta fremente.

Lo desidero da impazzire, avevo voglia di sentire di nuovo il suo sapore, di sentirlo mentre godeva grazie a me.

L'idea che non lo vedrò per molto tempo mi scombussola, ma ora sono qui, ai suoi piedi e mentre lui mi accarezza i capelli so che è in mia balia.

Lui geme e mi allontana.

«Non ancora, piccola» e i suoi occhi brillano. «Mettiti nel mio letto, così ogni volta che entrerò in questa stanza mi ricorderò di te lì distesa nuda e sensuale.»

Mi prende per una mano e mi fa avvicinare al letto, poi mi fa girare.

Sento il rumore della cerniera che scende mentre il vestito di seta fruscia a terra. Mi lascia umidi baci sul collo e mi inarco poi arriva inaspettato un colpo alla natica destra.

Sì!

«Lo sai quanto adoro veder arrossare il tuo glorioso culetto?»

Mi gira e mi prende il viso tra le mani, poi mi bacia fino a lasciarmi senza fiato.

«Ti voglio nuda e a quattro zampe sopra il letto.»

Obbedisco e rimango lì esposta per lui mentre sento che si muove dietro di me. Fa schioccare a vuoto il flagello e fremo.

La sua mano mi accarezza con forza in mezzo alle gambe.

«Guarda come sei bagnata, sei eccitatissima» e mi colpisce ancora prima di avere terminato la frase.

Afferro le lenzuola. La natica si arrossa lo so e lui colpisce sempre nello stesso punto, diverse volte.

«Mia bellissima Heidi, sei eccitata per me» con un dito percorre la fessura umida e l'affonda, sprofondando in me. Con l'altra mano colpisce la natica già dolorante.

Grido ma non posso impedire ai miei muscoli di contrarsi di piacere attorno al dito di Yves.

Soffoca un'imprecazione e infila un altro dito muovendolo con sapienza. Sento l'orgasmo avvicinarsi, posso quasi toccarlo, mi manca pochissimo quando lui si allontana lasciandomi insoddisfatta.

«No!» supplico arrabbiata e mi giro verso Yves.

E lui mi osserva con gli occhi scuri, famelici.

«Cosa hai detto?» chiede duro. Rabbrividisco perché so che questa piccola ribellione mi costerà dolore. E mi bagno ancora di più.

Ha il flagello in mano e resto incantata a guardarlo. Ha i capelli scuri umidi per la doccia, i muscoli tesi e un'espressione concentrata. È bellissimo, crudele e perfetto nella sua nudità gloriosa.

Si avvicina e fa correre le frange di pelle sulla vulva e si sofferma lento sul clitoride facendomi gemere e scuotere il bacino in cerca dell'estasi.

Un piccolo colpo di flagello e il dolore misto al piacere si diffonde dalla vagina in tutto il corpo. Le gambe tremano mentre mi colpisce la schiena e abbasso la testa, stringendo i denti. In quel momento mi penetra. Grido per lo shock e il piacere. Sono così bagnata che è entrato in un unico colpo.

Mi solleva la testa tirandomi i capelli e mi gira il viso per baciarmi.

«Verrai per me, solo quando te lo dirò io.»

Mi manca così poco che non so se riuscirò a ubbidire al suo ordine.

Esce e affonda con lentezza esasperante. Fremo, perché mi pare d'impazzire mentre sento l'orgasmo crescere.

Quando si allontana di nuovo un gemito di frustrazione accompagna un movimento indietro del mio bacino, non voglio smettere.

Lui sta ridendo mentre mi vezzeggia.

«Mia piccola ingorda Heidi, cosa vuoi che faccia?»

«Ti prego.»

«Sì, pregami, implorami e dimmi: che vuoi da me?»

Sono esasperata mentre mi afferra il collo e mi bacia.

Sono al limite.

«Scopami Yves, ti prego, fammi venire.»

Lui emette un verso soddisfatto e affonda in me con colpi forti, decisi, segue un ritmo costante e manca davvero poco per venire sono tesa come una corda.

«Padrone, per favore…»

A quella parola lui sussulta.

«Vieni Heidi» dice con voce roca. Manca poco anche a lui lo sento ma ormai sono pronta a esplodere e quando lui affonda di nuovo il piacere mi travolge come un'onda portandomi in alto e poi gettandomi a riva esausta. Yves viene con forza e i miei muscoli si stringono attorno a lui per il piacere che mi fa provare ancora e ancora. Mi sostiene con un braccio perché altrimenti non ce la farei, ho le gambe di gelatina.

Mi accompagna scendendo sul letto assieme a me e poi si stacca con dolcezza baciandomi il collo.

«Tesoro, grazie» la sua voce è dolce mentre io non ho ancora trovato la mia.

L'ho chiamato *padrone*, non l'avevo più fatto con nessuno dopo aver lasciato il Marchese. Per questo che mi ringrazia. Sono sconvolta, ora che la frenesia del sesso è finita, la paura mi è entrata nell'anima. Devo andarmene, sono qui per lasciarlo non per concedergli il potere di dominarmi.

«Parto, lascio Parigi» dico tutto d'un fiato.

«Questo era il tuo addio?» mi chiede girando la testa e guardandomi con attenzione.

«Il club che voglio ristrutturare e gestire si trova a Nizza. Devo spostarmi per seguire tutte le pratiche burocratiche e il restauro dell'immobile.»

«Potremmo vederci qualche volta, se lo volessi» e mi sposta una ciocca di capelli.

«Tra i tuoi impegni e i miei non so se sarà possibile.»

«Vuoi dirmi che scappi anche da me?»

Chiudo gli occhi. Sto fuggendo?

«Voglio iniziare una nuova vita e tu sei troppo legato a quella vecchia.»

«Ci siamo conosciuti al Rouge e io ti ricordo il Marchese?»

Faccio un cenno con la testa, non riesco a parlare un nodo mi serra la gola.

Lui crolla sul letto e guarda in alto.

«Se smettessi di lavorare per il Six Senses, come Diego e Cedric mi vorresti?»

Non so che dirgli, io lo vorrei anche ora, è questo il problema. Sento per lui un'attrazione irresistibile che mi fa perdere la testa. Proprio in questo momento, quando sto per iniziare qualcosa di solo mio non posso lasciarmi distrarre, devo rimanere concentrata. Non devo commettere di nuovo l'errore di legarmi a un uomo che può annientarmi.

«Il Six Senses non c'entra, il problema è quello che è accaduto al Rouge Club. Non possiamo cambiare il passato.»

«Hai ragione, ma il futuro ci appartiene, lo possiamo scegliere» poi si alza e resta a guardarmi.

Mi riempio gli occhi del suo corpo muscoloso che sembra fatto per darmi piacere e per riceverne.

«Voglio ricordarti così, Heidi, nuda e bellissima nel mio letto. Il futuro lo scriviamo giorno per giorno. Domani non so che cosa accadrà, ma sono sicuro che tra noi due non finisce qui.»

Si volta ed esce dalla camera.

Ora ho freddo, è come se Yves si fosse portato via tutto il calore che avevo addosso.

Sapevo che sarebbe stato difficile dirgli addio ma non credevo così tanto.

Mi rivesto con calma e me ne vado.

Non passo una bella notte ma ho molti pensieri a distrarmi il giorno dopo.

Amélie vuole andare a Nizza il prima possibile per vedere il Dungeon e prendere contatti con i carpentieri e gli elettricisti. Amarante ha già diffuso la voce e presto vuole iniziare le selezioni del personale. Luc mi ha mandato i contratti standard dei soci.

È un giorno intenso e quando vedo il numero del Marchese sul display del telefono e penso di essermelo sognato.

Rispondo dopo diversi squilli.

«Adelaide.»

«Signore.»

«Volevo salutarti, Luc mi ha detto che parti domani. Se avrai bisogno di aiuto sappi che ci sarò, Luc ti darà tutto il supporto che potrei darti io ma se non bastasse e avessi delle difficoltà, chiamami.»

Sono senza parole.

«Grazie» riesco a dire soltanto.

«Addio Adelaide.»

«Addio» dico con voce più sicura e ripongo il telefono.

Forse con Yves non è finita ma ho chiuso con il Rouge Club, con Parigi; ora sono pronta a partire.

A. I. CUDIL

8.

Dame Blanche

«Questo posto fa schifo!»

Amarante stigmatizza quello che pensavo anche io ma che non avevo il coraggio di dire a voce alta.

Non sono tanto i pavimenti lerci e le luci al neon vecchie e squallide, quanto gli arredi che fanno molto bordello del secolo scorso a essere disgustosi.

«C'è oro e rosso ovunque» scuote la testa sconsolata Amélie.

«Immagino che sia una sfida ancora più intrigante per te» dice Luc incrociando le braccia sul petto.

Lo guardo e mi viene da ridere.

Noi tre ci siamo messe jeans e magliette sportive perché c'è tanto lavoro da fare e lui è qui con una camicia bianca e dei pantaloni di Armani.

«Dal tuo abbigliamento immagino che non intendi contribuire alla pulizia, *socio*» insinua Amarante guardandolo dalla testa ai piedi.

«Ho sempre sostenuto che bisogna servirsi di professionisti, perciò ho contattato una ditta di pulizie che arriverà a momenti.»

«Non ce l'hai detto!» protesta Amélie e lui alza le spalle.

«Credo che non possiamo iniziare la collaborazione se tu prendi delle decisioni senza consultarci» ribatto seccata.

Corruga la fronte e poi fa un cenno d'assenso.

«Sì, forse sono stato troppo impulsivo, vi chiedo scusa.»

Amarante fa un fischio sonoro.

«Un uomo che si scusa! Be' pensavo di averle viste tutte invece…ragazze lo perdoniamo?»

Io e Amélie sorridiamo acconsentendo.

«Dai, venite tutti qui, dobbiamo decidere una cosa importantissima» dico toccando la cartellina che ho sotto il braccio.

Mi avvicino al bancone, soffio via un po' di polvere e apro la cartellina.

C'è un modulo da presentare e alcune caselle vuote.

«Come lo chiamiamo?»

Amélie e Amarante si scambiano sguardi incerti, Luc si massaggia il mento prima di esclamare: «Ci serve ispirazione!» ed esce dal locale per rientrare poco dopo con una bottiglia.

«Champagne?»

«No, rhum, lo champagne lo stappiamo dopo, quando avremo trovato il nome.»

«Se pensate che io berrò in quei bicchieri lerci vi sbagliate di grosso» precisa Amélie, alzando una mano e indicando la vetrina piena di bicchieri impolverati.

Luc stappa la bottiglia e beve un sorso a canna e lo passa ad Amarante che tracanna con soddisfazione.

«Lo sapete che ci chiamiamo tutte e con nomi che iniziano con A?» dice Amarante. «Potremmo chiamarlo 3A.»

«No, non è giusto nei confronti di Luc» dico orripilata da quel nome.

«In realtà anche io ho un nome che inizia per A.»

«Scusa?» chiede Amarante guardandolo perplessa.

«Dovete tenere il segreto che sto per rivelarvi.» Ci scruta come se stesse per rivelarci qualcosa d'inconfessabile.

«Mi chiamo Anselme Luc de la Court, ma ho fatto spostare il primo nome a secondo.»

Io e Amarante scoppiamo a ridere.

«Anselme è un nome osceno!» dice indignata Amélie, ma si vede che trattiene a stento le risa.

Luc alza gli occhi al cielo.

«I peccati dei padri ricadono sui figli e mio nonno era il settimo Anselme conte de la Court.»

Ridiamo della sua espressione, poi bevo una bella sorsata di rhum e la passo ad Amélie.

«Dobbiamo decidere! Coraggio mie piccole fate!» le esorto.

Amarante si illumina.

«Certo! Dame Blanche, un piccola e bellissima fata dispettosa che ti farà ballare fino a sfinirti; chiamiamolo "Dame Blanche"!»

«Sì, mi piace» afferma Luc. «E tu Heidi che dici?»

«È il nome perfetto! E ce l'avevo sotto il naso, grazie Amarante.»

«Credo che il merito sia del rhum» e si mette una mano sulla bocca.

Luc afferra la bottiglia.

«Basta alcol, c'è molto lavoro da fare e l'impresa di pulizie sarà qui a momenti, non sarebbe bello se vi trovasse ubriache a ballare sui tavoli, anche se io mi divertirei parecchio» e alza le sopracciglia.

Metto le mani sui fianchi e mi guardo in giro.

«Amici, benvenuti al Dame Blanche, il club dove la magia è di casa.»

*Come sarà la nuova vita dei quattro improbabili
soci del* **Dame Blanche?**

Lo scoprirete molto presto nel romanzo
"**Proibito innamorarsi**".

Ringraziamenti

Nessuno entra nella nostra vita per caso. C'è sempre un motivo se incontriamo qualcuno in quel preciso momento della nostra vita.

Se ripenso ai miei libri vedo che ciascuno è stato frutto di un incontro significativo della mia vita. E Dungeon, ma la stessa serie Dame Blanche, è frutto di una serie di fortunati incontri.

Il primo grande grazie va alle mie "cozzaglie" le meravigliose scrittrici che con me hanno condiviso l'esperienza di creare il bundle Dreams Collection. Christiana V, S. M. May, Giulia Borgato e Laura Castellani grazie per la vostra amicizia, siete voi le mie vere Dame Blanche!

Era da un po' che riflettevo su Adelaide e soprattutto su Amarante e volevo scrivere la loro storia, due facce della stessa medaglia, ma entrambe avevano un bagaglio un po' pesante da portare e serviva qualcuno di più lieve. Amélie era la giusta leggerezza necessaria e riequilibrare due personalità così forti.

I pensieri andavano già verso la direzione delle Dame Blanche quando, grazie a Tania, sono riuscita a vedere tutte le loro storie, una dopo l'altra. Grazie Tania per le tue ricette strepitose, per aver letto Diego con tanto entusiasmo e per essermi stata accanto.

Dungeon è il titolo che ho scelto quale doveroso tributo a Michel Esperio, il magnetico master a cui devo un enorme ringraziamento. Mi ha spiegato molti dettagli del mondo del BDSM e ha risposto a un'infinità di domande con la pazienza che solo un dominatore può avere. Senza dimenticare che vederlo usare la frusta è stato un raro privilegio e gliene sono davvero grata.

Un ringraziamento speciale a Dolce Domina, una donna che con uno sguardo ha visto oltre il mio travestimento e mi ha permesso di entrare nell'animo di una grande mistress. Grazie a Miss Rheja Domina per la sua esuberanza, ma anche per la pazienza che ha avuto con me nel descrivermi gli attrezzi del mestiere.

Grazie di cuore al maestro shibari Peter Digi per la lunga chiacchierata e per avermi fatto assistere alle sue sospensioni.

Grazie al mio amore che mi è rimasto accanto e mi sostiene sempre nella scrittura, non posso certo dimenticarmi tutta la pazienza che porti con me!

Come al solito l'ultimo e più importante grazie è per i lettori, senza il vostro sostegno avrei smesso da tempo di pubblicare le mie storie. Spero che le mie tre grintose protagoniste vi siano piaciute e che vogliate scoprire come si comporteranno nel prossimo romanzo.

BIOGRAFIA

«Dati biografici: io sono ancora di quelli che credono, con Croce, che di un autore contano solo le opere. (Quando contano, naturalmente.) Perciò dati biografici non ne do, o li do falsi, o comunque cerco sempre di cambiarli da una volta all'altra. Mi chieda pure quello che vuol sapere e glielo dirò. Ma non Le dirò mai la verità, di questo può star sicura.»
(Italo Calvino nella lettera a Germana Pescio Bottino, 9 giugno 1964)

Questa è l'indispensabile premessa alla biografia di Antonia Iolanda Cudil.
A.I. Cudil vive a Venezia e fa parte dell'European Writing Women Association. Ha esordito come selfpublisher nel gennaio del 2012 con il romanzo erotico *La sindrome di Rubens*. Nell'agosto dello stesso anno ha pubblicato *Rouge Club*, un erotico dalle tinte noir e nel novembre 2012 il romance contemporaneo *Imperfetta*. Nell'arco del 2013 pubblica il romanzo a puntate *Tattoo and Spirit*. La raccolta di racconti d'amore ambientati a Venezia dal titolo *Stagioni d'Amore* è uscito nel 2014. *Rue de Castiglione* è il romanzo che narra le vicende del Six Senses Spa ed era stato messo on line nel settembre 2013. I suoi diritti sono stati acquisiti da Giunti Editore che lo pubblica nel settembre 2014 completamente rivisto e con il nuovo titolo *Solo il tuo*

sapore. La serie prosegue nel 2015 con il racconto gratuito *Solo un assaggio* (Six Senses Series #1.5) e il romanzo *Solo la tua voce* (Six Senses Series #2) edito di nuovo da Giunti Editore. Nel gennaio 2016 è uscito il romanzo breve *Solo un sussurro* (spin off Six Senses Series #2,5).

Dungeon è l'inizio di una nuova serie: *Dame Blanche*.

Scopri le novità di A.I. Cudil attraverso il
Sito: www.antoniacudil.com
Facebook: Le storie di A. I. Cudil

I LIBRI DI A.I. CUDIL

La sindrome di Rubens

Rouge Club

La chiave del mio cuore

Stagioni d'amore

Tattoo and Spirit

Solo il tuo sapore (Six Senses #1)

Solo la tua voce (Six Senses #2)

Solo un sussurro (Six Senses #2,5)

INDICE

9481261R00051

Printed in Germany
by Amazon Distribution
GmbH, Leipzig